Nach den seit 1.8.2006 verbindlichen Rechtschreibregeln.

Bibliografische Information der Deutschen Nationalbibliothek
Die Deutsche Nationalbibliothek verzeichnet diese Publikation
in der Deutschen Nationalbibliografie;
detaillierte bibliografische Daten sind im Internet
über http://dnb.ddb.de abrufbar.

 D C B A
Redaktionelle Leitung: Eva Günkinger
Lektorat: Sophia Marzolff
Fachberatung: Ulrike Holzwarth-Raether
Herstellung: Claudia Rönsch
Layout: Michelle Vollmer, Mainz
Illustration Lesedetektive: Barbara Scholz
Umschlaggestaltung: Mischa Acker
Printed in Malaysia
ISBN 978-3-411-70821-5

Lesedetektive

# Anna und der Meerschweinchenvampir

Text und Bilder von Christine Goppel

**Dudenverlag**
Mannheim · Leipzig · Wien · Zürich

Der Vampir
blutunter-
laufene Augen
spitze Zähne
schwarzer
Umhang
Nahrung: Blut
Beruf: Graf
Herkunft: Transsylvanien

Vampire sind
grausame Geschöpfe der Nacht,
totenbleiche Blutsauger
in schwarzen Umhängen.
Alle fürchten sich vor ihnen.
Nur nicht Anna.

Anna weiß alles über Vampire.
Sie läuft den ganzen Tag
in einem schwarzen Umhang herum.
Nachts legt sie sich in ihren Sarg
im Keller ihres Schlosses.

Na ja, eigentlich
ist der Sarg ihr Bett,
das sie schwarz angemalt hat.
Der Keller ist ihr Kinderzimmer
und das befindet sich
im ersten Stock des Hauses,
in dem Anna mit Mama und Papa wohnt.
Und Anna ist natürlich
kein echter Vampir,
obwohl sie sich alle Mühe gibt.

„Anna ist verrückt!“,
sagt Paula deswegen eines Tages.
Paula geht in Annas Klasse.
„Warum denn?“, fragt Anna.
„Jemand, der wie ein Vampir
in einem schwarzen Umhang herumläuft,
der ist ja wohl verrückt“,
antwortet Paula.

**1. Fall: Was stimmt?**
**Anna wendet sich**

stolz ab.

Die anderen Kinder lachen.
Anna wirft sich ihren Umhang über
die Schulter und wendet sich stolz ab.
Mit so gemeinem Volk wollen
edle Vampire gar nichts zu tun haben.
Aber ganz tief drinnen
ist Anna traurig,
dass niemand mit ihr spielen will.
Auch Vampire können einsam sein.

beleidigt ab.

traurig ab.

Am Abend sagt Anna:
„Papa, ich will einen Vampir."
„Wozu denn das?", fragt Papa erstaunt.
„Zum Spielen", sagt Anna.
Manchmal können Eltern
echt doofe Fragen stellen.
„Ach so, einen Spielzeugvampir",
sagt Papa.
„Nein, einen lebendigen natürlich."

„Und wo sollen wir den
bitte hernehmen?“, fragt Papa.
„Na, kaufen“, sagt Anna.
Papa schaut Anna lange an.
„Ach, Anna“, seufzt er und
streicht ihr über die Haare.

Als Anna am nächsten Tag
von der Schule nach Hause kommt,
ist Papa schon da.
„Anna, komm mal her.
Ich hab dir was mitgebracht“, sagt er
und grinst geheimnisvoll.
Er führt Anna in ihr Zimmer.
„Da ist jemand, der
mit dir spielen möchte.“

Auf dem Bett steht
ein kleiner Pappkarton.
Vorsichtig öffnet Anna den Deckel.
Und tatsächlich, da sitzt jemand drin.
Er ist schwarz. Schwarz wie die Nacht.
Seine Zähne sind weiß und scharf
und seine Augen blitzen edel
und grausam zugleich.
Wie bei einem echten Vampir.
Ansonsten könnte man ihn fast
mit einem Meerschweinchen verwechseln.

„Ein Meerschweinchenvampir!“,
ruft Anna. „Danke, danke, danke!“
Sie fällt ihrem Papa um den Hals.
„Ich werde ihn Graf Dracula nennen.“
Papa schaut irgendwie komisch,
aber Graf Dracula
scheint der Name zu gefallen.

**2. Fall: Weißt du es?**
**Annas neuer Spielkamerad ist**

schwarz wie
der Teufel.

Er streckt sein schwarzes Näschen
aus der Kiste
und schnuppert an Annas Hand.
„Herzlich willkommen
in Ihrem neuen Heim“, sagt Anna.
„Leider ist unser Schloss
nicht sehr groß, aber wir werden
versuchen, es Ihnen so angenehm
wie möglich zu machen.“

schwarz wie
die Nacht.

schwarz wie
Ebenholz.

Als Erstes
braucht Graf Dracula einen Sarg.
Papa hat noch ein paar
alte Bretter im Keller.
Anna und er sägen und hämmern
den ganzen Nachmittag.
Zum Schluss malt Anna
den Sarg schwarz an.
Papa füllt weiche Sägespäne
und Heu hinein.

Noch am selben Abend
kann Graf Dracula einziehen.
Anna stellt den kleinen Sarg
neben ihren.
Wenn sie die Hand ausstreckt, kann sie
Graf Draculas weiches Fell spüren.
Überglücklich schläft Anna ein.

Graf Dracula ist wirklich
ein fabelhafter Vampir.
Sein schwarzes Fell passt wunderbar
zu Annas Umhang.
Und klug ist er auch,
denn an Annas Vampirbüchern
knabbert er am liebsten.
Wenn es regnet, lesen sie gemeinsam
Gruselgeschichten.
Abends schleichen sie ums Haus und
lauern ahnungslosen Nachbarn auf.

Jeden Abend vor dem Schlafengehen
bringt Mama blutroten Tomatensaft
an die Särge.
Vampire sind Blutsauger
und müssen ordentlich ernährt werden.
Nicht dass Graf Dracula nachts
hungrig wach wird und heimlich
irgendwelche Leute beißt und aussaugt!
Das wäre nicht so gut.
Obwohl … bei Paula wäre es
nicht ganz so schlimm,
die könnte er gerne mal austrinken,
denkt Anna.

Paula ist nämlich ziemlich oft
ziemlich fies zu Anna.
Dann kommt Anna ganz traurig
aus der Schule.
Zum Glück ist Graf Dracula
ein echter Edelmann.
Er weiß genau, wie man die Tränen
von edlen Vampirdamen trocknet.
Nämlich mit einer kleinen, heißen
Meerschweinchenvampirzunge.

**3. Fall: Meerschwein-
chennvampierzunge –
Wie viele Buchstaben
sind hier zu viel?**

zwei

Heute ist ein besonderer Tag:
Jedes Kind darf sein Haustier
mit in die Schule bringen
und der ganzen Klasse vorstellen.
Anna nimmt natürlich Graf Dracula mit.
Als sie das Klassenzimmer betritt,
sitzen schon überall
irgendwelche Tiere herum.

vier  drei 

Es ist ordentlich was los.
Tobis kleiner Hund
hat in die Ecke gepinkelt.
Klaras Katze sitzt
vor dem Glas mit Magdalenas Frosch
und leckt sich das Maul.
Und der Wellensittich von Leon
fliegt Kreise um die Lampe.
Auf Paulas Tisch sitzt still und brav
ein schneeweißes Kaninchen und
mümmelt an einem Löwenzahn.

Die Lehrerin klatscht in die Hände
und bittet Magdalena anzufangen.
Magdalena nimmt das Glas
mit ihrem Frosch und geht nach vorne.
„Das ist Günther“, sagt Magdalena.
„Er ist ein Jahr alt
und wohnt in unserem Gartenteich.“
Sie holt Günther aus dem Glas heraus.
„Uh, der sieht aber glitschig aus!“,
ruft Leon.
Alle Kinder dürfen nach vorne kommen
und sich Günther genau anschauen.

„Danke, Magdalena“, sagt die Lehrerin.
„Anna, magst du weitermachen
und uns etwas über dein
Meerschweinchen erzählen?“
„Das ist kein Meerschweinchen“,
sagt Anna. „Das ist ein
Meerschweinchenvampir.“
Alle lachen.
„Vampire gibts doch gar nicht.
Anna ist verrückt!“,
ruft Paula.

**4. Fall:**
**Was ist richtig?**

Tobi
hat einen
Frosch.

Aber Anna redet tapfer weiter:
„Er heißt Graf Dracula“.
„Cool!“, ruft Tobi.
„Vampire sind
grausame Geschöpfe der Nacht,
alle haben Angst vor ihnen.
Am liebsten gehen wir zusammen
Leute erschrecken“, fährt Anna fort.
Alle Kinder hören gebannt zu.
Nur Paula guckt weg, als würde
sie das alles nicht interessieren.

Magdalena
hat einen
Hund.

Klara
hat eine
Katze.

„Darf ich ihn mal anfassen?“,
fragt Magdalena.
„Ja, gerne“, sagt Anna.
Graf Dracula sitzt stolz
auf Annas Hand
und genießt die Aufmerksamkeit.
Jeder darf ihn mal streicheln.
„Seid höflich zu ihm, er ist
schließlich ein Graf“,
sagt Anna.

**5. Fall: Was hat Anna gesagt?**
**„Am liebsten gehen wir zusammen**

Leute beißen.“

Klara macht sogar einen Knicks
und sagt: „Es ist mir eine große Ehre,
Sie kennenzulernen, Herr Graf.“
„Vielen Dank für deinen Vortrag, Anna“,
sagt die Lehrerin lächelnd.
„Du hast wirklich
ein ganz besonderes Haustier.“

Leute erschrecken.“

Blut saugen.“

In der Pause scharen sich
die Kinder um Anna.
„Weißt du, Günther ist eigentlich
auch kein normaler Frosch“,
sagt Magdalena. „In echt ist er
ein Prinz. Wenn ich alt genug bin,
dann küss ich ihn,
und dann verwandelt er sich.“
„Und mein Wellensittich ist eigentlich
ein Drachenvogel“, sagt Leon.
„Er kann Feuer speien. Im Sommer
grillen wir vor seinem Schnabel
Würstchen!“

Bei der Vorstellung muss Anna lachen und alle Kinder lachen mit.
„Mein Hund ist eigentlich ein Riesenhund“, sagt Tobi. „Aber tagsüber macht er sich absichtlich klein, damit nicht alle vor Angst wegrennen, wenn ich mit ihm spazieren gehe.“

Paula sitzt allein an ihrem Tisch.
„Und was ist dein Kaninchen
in Wirklichkeit?“, fragt Magdalena.
Paula schaut erschrocken auf.
Alle blicken sie erwartungsvoll an.
Paula wird ganz rot im Gesicht.
Anna hat fast ein bisschen Mitleid.
„Ich weiß nicht, keine Ahnung“,
stammelt Paula. „Es ist einfach
ein Zwergkaninchen.“

„Du meinst, es ist eigentlich
so klein wie ein Zwerg?“, fragt Anna.
Paula lächelt schief.
„Na ja … ich weiß nicht.“
„Ist es normalerweise so richtig
klitzeklein und macht sich nur
tagsüber ein bisschen größer,
damit man nicht aus Versehen
drauftritt?“, fragt Tobi.

„Mhm … nun ja. Ja“, sagt Paula.
„Ach“, ruft Anna erstaunt. „Ich wusste ja gar nicht, dass du auch verrückt bist!“
Paula starrt Anna mit großen Augen an.
Anna grinst. Die anderen lachen.
Und Paula bleibt nichts anderes übrig, sie muss einfach mitlachen.

Am Abend sitzen Anna und
Graf Dracula nebeneinander
und schlürfen ihren Tomatensaft.
„Werter Graf“, sagt Anna da.
„Ich glaube, heute war
mein schönster Schultag.“
Sie nimmt Graf Dracula auf den Arm
und flüstert ihm ins Ohr:
„Das habe ich nur Ihnen zu verdanken.“
Und Graf Dracula, der Edelmann,
knabbert zärtlich an ihrer Nase.

## Was sagst du dazu?

**„Heute war mein schönster Schultag“, sagt Anna. Kannst du dir denken, warum das so ist?**

Schreibe deine Antwort auf und schicke sie uns. Als Dankeschön verlosen wir unter den Einsendern zweimal jährlich tolle Buchpreise aus unserem aktuellen Programm! Eine Auswahl der Einsendungen veröffentlichen wir außerdem unter www.lesedetektive.de.

## 1. Klasse • 32 Seiten, gebunden

- Finn und Lili auf dem Bauernhof • ISBN 978-3-411-70782-9
- Eine unheimliche Nacht • ISBN 978-3-411-70788-1
- Franzi und das falsche Pferd • ISBN 978-3-411-70790-4
- Ein ganz besonderer Ferientag • ISBN 978-3-411-70795-9
- Das gefundene Geld • ISBN 978-3-411-70799-7
- Amelie lernt hexen • ISBN 978-3-411-70804-8
- Das Picknick im Wald • ISBN 978-3-411-70809-3
- Die Schildkröte im Klassenzimmer • ISBN 978-3-411-70814-7
- Ein Bär reißt aus • ISBN 978-3-411-70815-4
- Neue Nachbarn für Ole • ISBN 978-3-411-70820-8

## 2. Klasse • 32 Seiten, gebunden

- Die Prinzessin im Supermarkt • ISBN 978-3-411-70786-7
- Auf der Suche nach dem verschwundenen Hund • ISBN 978-3-411-70783-6
- Emil und der neue Tacho • ISBN 978-3-411-70789-8
- Ein bester Freund mal zwei • ISBN 978-3-411-70796-6
- Eine Sommernacht im Zelt • ISBN 978-3-411-70800-0
- Das Gespenst aus der Kiste • ISBN 978-3-411-70805-5
- Ein blinder Passagier • ISBN 978-3-411-70807-9
- Ein Tag auf dem Pferdehof • ISBN 978-3-411-70816-1
- Lilli und die Riesenkrake • ISBN 978-3-411-70817-8
- Anna und der Meerschweinchenvampir • ISBN 978-3-411-70821-5
- Svenja will Windpocken haben • ISBN 978-3-411-70826-0

## 3. Klasse • 48 Seiten, gebunden

- Anne und der geheimnisvolle Schlüssel • ISBN 978-3-411-70787-4
- Eins zu null für Leon • ISBN 978-3-411-70784-3
- Viktor und die Fußball-Dinos • ISBN 978-3-411-70793-5
- Nelly, die Piratentochter • ISBN 978-3-411-70797-3
- Herr von Blech zieht ein • ISBN 978-3-411-70802-4
- Prinz Winz aus dem All • ISBN 978-3-411-70806-2
- Herr von Blech geht zur Schule • ISBN 978-3-411-70812-3
- Nelly und der Piratenschatz • ISBN 978-3-411-70818-5

## 4. Klasse • 48 Seiten, gebunden

- Der schlechteste Ritter der Welt • ISBN 978-3-411-70798-0
- Kira und die Hexenschuhe • ISBN 978-3-411-70803-1
- Die Inselschüler – Gefahr im Watt • ISBN 978-3-411-70808-6
- Betreten verboten! • ISBN 978-3-411-70813-0
- Zwei Jungs und eine Zicke • ISBN 978-3-411-70819-2
- Die Inselschüler – Der Fall Hampe • ISBN 978-3-411-70825-3

Ihre Meinung ist uns wichtig! Wie gefällt Ihnen dieses Buch?
Wir freuen uns auf Ihre Rückmeldung unter **www.duden.de/meinung**

Gefunden!
Knote den Streifen einfach
an das Lesebändchen an
und fertig ist deine Fingerabdruckkartei
für die Detektivfälle!
Für jeden Fall im Buch gibt es einen
Fingerabdruck in deiner Kartei. Diesen
Abdruck findest du bei der richtigen
Antwort im Buch wieder.